KB155307

'스타벅스'의
외출

'스타벅스'의 외출

| 이은새 시집 |

시인의 말

– 삶에는 공식이 없었다!

나는 틈틈이 화살기도를 한다
나만을 위해, 사랑하는 가족들을 위해,
알게 모르게 내가 준 상처 때문에 아파했을
누군가에게 기도로 용서를 구하기도 한다

인터넷 뉴스를 펼쳐 보는데
배우 김주혁 영결식 장면이 나왔다
나와 동년배라는 이유 말고,
화면 속 그의 해맑은 미소 때문인지
남겨진 이들의 슬픔이 고스란히 전해져 와서인지
나도 그 자리를 한참 서성이게 되었다
슬픔은 산자의 몫이라 했던가, 문득
오래전 먼 여행길에 오른 어머니를 생각하며
눈을 감고 잠시, 추억 산책을 했다
늘 그렇듯이 아픔 없는 곳에서 평안하시길 기도
또 잠시, 김주혁의 그림자에 어머니를 묻고
그 또한 영원한 안식에 들기를 소망한다
기도 때문이었을까
잔잔한 슬픔이 고이는

PM 10시
시계 초침 소리만이 방안을 가득 메운,
조금은 허전하고 자유롭기도 한
완전한 어둠에 들기 전의 이 고요를 나는
아끼는 편이다
하루를 보내면서 주워 모은
순간순간 스치는 생각들과
지나가는 세상살이 흔적들이 담긴
메모를 한 자 한 자 詩방에 옮겨 적으면
나의 하루가 마무리된다

시계태엽처럼 오늘이 감기고 있다
소중한 기억의 항아리가 발효의 순간을
멈추지 않기를 바라며
모두 다 사라진 것은 아닌 달,
2017년 11월 가을
이은새

– 아버지께 늘 감사하며 건강을 기원하는 마음으로
이 시집을 선물합니다. –

목 차

시

그해 겨울은 따뜻했네

낡은 외투를 벗어 던지자 겨울이 왔네
지난밤 잘못 주문한 옷처럼 반품처리 해야 할 사랑
미열로 시작한 그의 훈기는 비등점을 향해 들끓기 시
작했네

몇 년 만에 파격적인 눈이 왔네
그늘로 옮겨 앉은 단단한 슬픔도
햇살 같은 미소만 비집고 들어오면 물컹하게
무너져 내리곤 했네

쇼윈도 속 디스플레이 된 마네킹처럼
차창 밖에 매달린 풍경이 되어버린 나는,
그의 눈망울 속에서 까끌거리는 별이 되고 있었네

그해 겨울은 삼한사온三寒四溫의 의리를 저버렸네
춘삼월은 허공을 훌쩍 넘었는데도 봄을 불러들이지
못하고
간절기 몸살을 앓았네

하트 여왕 패를 가진 그는, 내게 슬픔의 에이스*였네

*Brown & Dana의 Ace of Sorrow(속) 노랫말

아침을 바싹하게 구워보자

도넛을 튀기는 기름처럼 알람이 통통거리며
그렇게, 아침을 알리지

베란다 쟈스민이 향신료를 대신하고
이슬 한 방울로 드레싱이 추가되면
못갖춘마디로 시작하는 아침은 뒤섞인 샐러드의 감정
일 뿐
생기발랄한 형식으로 하자

바구니에 바게뜨 빵이 봉긋 솟아 있고
빗자루를 타는 마녀 배달부 키키*처럼 새의 깃털은
연애편지를 쓰는 감정으로 꽃병에 꽂아두자

아침은, 그렇게 미완의 발걸음으로 시작하지
바흐의 커피 칸타타가 정갈한 멜로디로
햇살에 바싹하게 구워지고 있지

*만화영화 제목

달콤 쌉싸래한 그녀

기성복처럼 포장된 초콜릿은 이미 유행이 지난 지 오래
초벌구이 커버치*는 미완의 흔적을
감추고 싶었던 것일까

재단사의 손끝이 바빠지고
노출의 계절, 피팅 작업도 필요했던 거야
썬탠을 한 듯 야들야들한 구릿빛 피부가 드러나고

가봉을 끝낸 몸에다
보정 속옷을 입히고 애정을 쏟아부었지
까만 카카오의 기억이 스며든 타임캡슐 속 그녀

누군가에게 선택의 순간, 꽃의 향기가 들러리 서면
방망이질하는 얄궂은 가슴
별빛 사랑이 싹트고 지는 밸런타인데이는
굶주린 상술이 고백하는 날인지도 몰라

신의 선물, 달콤 쌉싸래한 그녀는
지금 작업 중이야!

*가공하지 않은 초콜릿 상태

그리움 뽑기

아홉 개의 구멍을 열어붙인 붉은 입술
별 하트 반달 곰돌이 송곳 국자
쟁반 위, 오글거리는 도구들이 심상치가 않다

눈이 눈썹 위에 달린 여자의 생각이라도
찍어내고 싶었던 것일까
누르미는 납작하게 엎드리는 중이시다

마음 굳히는 일에도 때가 있는 법이다 가슴 한복판이
은근하게 뜨거워지는 것 어머니의 마음처럼 제 살이
다 녹아 없어진다 해도 기다림이란 그런 것이다 설탕
의 끈적끈적한 눈물 같은,
그제도 어제도
옆구리가 부러진 별을 잊지 못해
추억 속 첫사랑이라도 뽑고 싶은
아래층 쏘냐의 송곳 칼질
오늘은 신박한 말 한마디 찍어 눌러본다

그
리
움이란 그런 것이다
녹이고 녹여도 줄지 않는,

방부제 먹는 여자

당신의 유통기간을 늘리기 위해
숟가락으로 방부제를 퍼먹어요

눈물은 빼빼로처럼 동강동강 끊어 먹고요
찔리기 쉬운 가시 같은 말은
햇볕이 쨍그랑 쏟아질 때만 발라 먹어요
변질되기 쉬운 사랑의 유사품은
속눈썹이 깜빡할 사이 혀로 핥아 먹지요

간당간당한 유통기간을 고무줄처럼 당겨놓고요
계절별로 날씨별로 시간별로
애교 3종 스티커도 장만했지요

꽃잎 같은 당신의 미소는 시시때때로
벙어리 저금통에 채워둬야 해요 팥빙수 같은 사랑이
벌컥, 문을 열지도 모르니까요

사랑의 방부제도 방심은 금물!

악동클럽

바람이 허공을 몇 바퀴 뒹굴면서
여름을 엎질러 버렸나 보다

엎질러진 여름의 등을 타고 오던 비가
뒷북처럼 쏟아내고 말았나 보다

맨송맨송하던 나뭇가지마다
한 뼘 더 밝아진 기분이 왕성해진 그때,
점점 자라는 그리움처럼
너의 목청은 최대치로 기록되고

이 세상은 기다리는 자의 몫이리라
만루 홈런처럼 긴긴 녹음綠陰을 준비하는 너는,
음악도音樂徒를 흉내 내는 악동이었나 보다

시집을 짓다

매주 수요일은 시 창작 교실에서 장원을 뽑는 날이다

설계를 잘 해야 구조가 튼튼한 집을 짓듯이
사유의 망망대해에서 갓 낚아챈 언어를
온몸으로 육화시켜야 한다

내면의 단장을 위해 닉네임을 업그레이드시켜
자외선을 걸러 내겠다고 공략한 햇살님과
실내수영장에 꽃구름을 띄워 놓겠다는 구름님이 최
종심에 올랐다

앞집 뒷집 문장을 빌려다 얼렁뚱땅 지은 집
시제를 벗어난 주제는 부실공사로 이어지기 일쑤다

소재를 잘 살린 집은
사물의 촉觸을 읽어 한 뼈대로 기둥을 세우고
메시지는 행간에 숨은그림처럼 배치하고
틈새는 반전으로 마감 공사를 한다

장원은 일과를 갈무리하는 해거름에
詩의 정원에 액자로 걸릴 예정이다

눈물에 대한 보고서

장마로 간당간당하게 차오른 호수는
슬픔의 수위를 조절하고 있었다
잠이 안드로메다로 떠난 밤이면
궁리 중인 발은 방문을 향해 있었고

식구들이 잠든 불 꺼진 방에서
영화를 봤을 뿐인데 터져버릴 듯
눈물 알갱이는 발버둥치고 있었다
꼼짝달싹 못 하는 수문을 찾아 헤매던 기억

지금은 참을 수 있는 눈물인데
그때는 참아야 하는 눈물이었다
내 사춘기가 외따로 갇혀 있던 방에
누군가 수시로 불을 켰지만

퉁퉁 불어 오른 눈두덩은 어둠이 편했다
문득 친구가 남자가 되어
보고 싶다고 하던 그 숙맥이
수화기 밖으로 입술이 삐져나올까 봐
입김으로 새어 나올까 봐

나지막이 삼키던 눈물은, 어린 시냇물 소리로
중얼중얼 흘러갔을 뿐이다

무심無心

방충망 거미줄처럼 얽히고설킨 생각을 풀어가던 저녁

5년 키운 개운죽이 죽었다
온도계와 물고기만이 그의 뜰 안에 생존해 있을 뿐,
몸담고 있던 화병에는 그림자조차 사라지고
누런 슬픔만이 허공에서 바스라졌다

때가 되면 쏟아붓는 햇살도
창문 커튼이 열려야만 볼 수 있는 마음이었다
지루한 내게 그는 긴긴 친구였고
엉성한 시간의 틈새를 메워준
홈그라운드에 숨죽인 대타였다

하루 수십 번 거울처럼 마주했지만
그는 내 그림자조차 담을 수 없다는 것을
한참이 지난 후에야 알았다

서로 놓을 수도 잡을 수도 없었던 사랑,
그 그림자 사랑이 중독과 습관 사이었다
그사이 이별도 무덤덤해지기까지 얼마나 더
기다려야 하는 것일까

동그마니 놓인 화병에 든
홍초 띤 노을 한 송이

연애의 온도

처음부터 궁금하지는 않았어
오랜 뜸이 든 후에야
서로의 안부를 묻기 시작했네

핸드폰에 열이 나고
밀당의 맛에 중독되어 울컥,
목이 메거나 설익어도 질리지 않았네

애가 타기 직전의 밥이
더 구수하고 쫄깃거리는 법이지

언제부터인가
뜨문뜨문 식기 시작하던 온도
굴러다니는 변명처럼
약간 쉰 듯한 음성처럼 그는
때 지난 감정 밖의 구경꾼일 뿐

액정 속에서 수수광년을 퍼덕거리던 새의 문장은
깃털만큼이나 가벼운 몸짓이었던가
온도가 변하기 시작한 밥통 속의 안부를 우리는
더 이상 궁금해하지 않았네

이젠

외식에 입맛이 길들고 보니

나도

집밥에는 흥미가 없네

애인 있어요?

머리를 말리는데
예고 방송도 없이 내 마음을 훔쳐간
티브이 속 한 남자
애인이 되어 달라고 고백할 뻔했다
속옷 색깔까지 알아맞히는
초딩 동창에게

칸칸이 분리된 냉장고 속처럼
남자의 뇌는 여러 개의 방이 있다고 했던가
여자는 비밀이 생기면
꽃도 피우고 새들도 불러들여
작은 정원을 숲으로 키우고 싶어 한다지
매번 처음 보는 여자가 이상형이라고
남자들 세계에 유행이 돈다는 소문에
심쿵하는 계절,

끈 풀어진 풍선처럼 마음이 헤퍼진 날
베개 위에 뽀송뽀송한 수건을 깔아주는
드라마 속 애인의 손길에 그만,
차가운 키스를 할 뻔했다
선글라스 그늘 속에 끼를 감춘
낯선 남자에게

감 기

꽃이 계절을 타듯이
사람도 계절 앓이를 합니다
그대 곁에서 멀찌감치
떠나오기 위해
손바닥으로 하늘을 가리며
끈끈한 잠복 기간
들볶이고 싶었는지도 모릅니다
한 시절을 건너가기 위해
간절기마다 호되게 만난 그대를
차마 뿌리치지 못해
시름시름
이렇게 끝물로 남은 지금도
콜록,
콜록거리고 있습니다

어머니, 행간을 읽다

구멍 난 속옷에서 빠져나오지 못하던 어머니에게도
뜨문뜨문 여자가 읽히곤 했는데
건들바람이 대문 앞을 서성이는 해거름이면
어머니는 노을빛에 담뱃불을 당겼네

그 침묵의 동굴 속에는 쑥떡 같은 남편을
찰떡같이 믿고 싶은 아내가
토끼 눈망울 새끼들과
감쪽같은 세월 속에 살고 있었네

겟날을 공굴리기하다
봉긋한 브로치가 가슴을 찌르기도 하고
하루해가 지루한 날이면
꿈길에서 안부를 묻기도 했는데

남자로 읽히던 어머니에게도 여자가 숨어 있었네
까맣게 박음질한 눈썹 문신
그 젊음의 자리도 까무룩 시들어 가고
푸른 흔적만 행간에 남겨졌네

불쑥, 손톱에 명자꽃 한 떨기 피운 여자를
호주머니에 넣고 다니던 어머니
한나절 밭이랑 사이사이 외짝 귀걸이가
반짝하고 지나갔네

남자의 사랑은 하나,

사랑하는 까닭에 사라질까 봐
소리 내어 자랑 한번 못해본 사람
천 번을 만난 듯 익숙했던
첫, 만남도
할퀴고 울부짖던 어설픈 상처도
결코 사랑이었네

사랑이란 이름으로 감싸주는
미쁜 당신의 온기로
햇살이 피고 지는 창가

사랑이란 이름으로 불러보는
노을보다 따뜻한 사람아
아픔도 기다려주며 철없음에도 웃어주는
고마운 내 사랑아

사랑하는 까닭에 차마 잊어버릴까 봐
맞잡은 손끝의 온기조차 놓을 수 없었던 시간
마음이 닳고 닳는다 해도
결국 사랑이었네

상처까지 추억하며
순간순간을 별빛으로 남길 수만 있다면
평생 기다림에 지칠지라도,

꽃보다 남자*

누군가는 연애하면
세상이 아름다워 보인다 하고
누군가는 사랑하면 예뻐진다 하길래
오래전 숨겨 두었던
꼬리를 슬쩍, 흔들어보고 싶었네
노래방에서 쿵따리 샤바라 온몸도 튕겨보고
취중진담도 불러보고 싶었네
앞뒤 위아래 마음을 재단할 준비도 없었는데
프리킥! 꽃보다 남자가 먼저 슛을 날렸네
민트 향이 아찔하게 속삭이고 갔네
물처럼 흘러가거나
솜사탕 녹듯이 사라질 거라고
아무도 힌트를 주지 않았네
휘파람 소리만 스쳐도
예민해진 눈꺼풀이 따끔따끔 시리네
꽃도 바람에 흔들리면서 핀다고 했던가
나락으로 꽃 무더기 쏟아지고
또 화농의 한 시절이 지나가고
그리움이 사무친다는 말을 뼛속까지 이해했네

동네 상가 모퉁이 꽃집
우윳빛 손이 일사불란하게 수화를 하네
졸업 시즌을 맞아
꽃집 아가씨는 예뻤네
스카프를 두르거나 나비넥타이를 매고
몽글몽글 안개 속에서 헤매고 있네

*꽃은=이상, 남자=현실이라는 뜻을 가진 일본 순정만화 제목

브레이크

출근길 고양이 두 마리가 옥신각신
서로를 할퀴고 있네요

눈치만 보고 있던 먼지가
핸들 위에 나비부인처럼 엉덩이를 들이대더군요

붉은 립스틱으로 오늘을 유혹하고 싶은 날,
마음이 가는 방향으로 핸들을 꺾었지요

파란 스포츠카가 불쑥 등장하고 대낮에 우리는 눈이
맞고 말았어요
이마가 시원하게 트인 남자가 폭포수처럼 말을 쏟아냅니다
낮에 라이트를 켜면 눈이 부셔 감은 채로 반해버린다나요
어쩌겠습니까
먼저 들이댄 내 실수인걸요

일방통행, 양보하기에는 이미 그 선을 넘어버린 탓일까요
가속도가 붙으면 발뺌을 하고 싶어도 핑계 없는 무덤이
될 뿐이죠
어디 속도 조절뿐이겠습니까

들떠있던 발바닥을 자제시키지 못해, 갈 데까지 갈 뻔했던
미지의 시간이 빨강 신호등에 걸리고 말았네요

주차장에 있던 고양이들은 발자국만 남긴 채, 총총 사
라졌더군요
서로를 할퀴던 시간에 브레이크가 걸렸을까요

배꼽에 대한 명상

종이컵에 하얀 명주실로 배꼽 매듭을 묶어 귀에 대면 파도 소리가 들려요 엄마의 바다에서 유랑하던 항해의 시간 몸의 중심이 갸우뚱할 때마다 배 위에 정박한 닻이 떠오를 때마다 까탈을 부리며 그리움의 배앓이를 시작해요

몸이 겪는 사춘기는 아랫배로 뻐근하게 신호가 오고 기쁨과 슬픔이 공존했던 뿌리를 찾아 밤새 배꼽이 간지러웠는지도 몰라요 가위로 댕강 잘린 탄생의 찰나를 발문장으로 남기고 실을 매단 풍선의 꽁무니처럼 한 生의 출발점으로 묶인 곳

밤이 지루한 날 살짝 들추어 본 우주의 숨구멍, 깍지 낀 두 손으로 감싸 안아요

너는 내 운명

햇살이 흘리고 간 온기 속에서
도넛처럼 달아오른 버스
바른길 굽은 길 비탈길 에둘러서 가지
누구나 알고 있는 딱 고만큼의 거리
눈 깜박하면 저만치 달아나버리고 없는
릴레이 경주에 경쟁자는 없는 것처럼
달리고 또 달리지
내 마음은 이미 너의 곁에 바투 서 있어
기다림의 끝자락에 기대어 있지
내리는 사람의 우듬지가 보일락 말락
머릿수가 늘었다 줄었다
아직 익숙한 뒤통수는 보이지 않아
만남과 이별을 수도 없이 경험하는 오후,
올 듯 말 듯 그래도
만나야 할 인연은 반드시 오는 법이지
낯익은 뒤통수가 석양에 반짝하고
햇살이 제 온기를 거두어
저장고로 되돌아가는 시간
우리 동네 10번 버스도
하루가 열리고 닫히지

세상 남자는 다 내 애인이다

와인을 마시는 여자가 좋다며
짙은 자줏빛이 우윳빛 내 피부에 스며들면
섹시하다고 했던 그 남자 내 애인이다

열 번을 같은 곳으로 여행을 가도 까르르,
목젖이 웃는 여자가 자기 이상형이라고
진도를 빼던 바람둥이 그 남자
내 애인이다

여고생이 블루진을 입고 지나가면
엉덩이가 탱탱한 젖가슴 같다고 수줍어하던 그 남자
다섯 살 연하의 내 애인이다

전생에 천 번을 만나야 이승에서 한 번의 인연을 맺
는다고 했던가

아침마다 페이스 톡으로 키스를 해주고
꼬맹이라고 애칭을 불러주던 십 년을 만난 내 남자,
바람 불어 좋은 날
친구가 자기 애인이라고 소개를 해준다

비 염

그녀는 환절기 방문객이다
바통을 주고받는 계절을 등에 업고
흔적도 표정도 없다
다만 간질간질 별빛
신호를 보낼 뿐이다
쌀쌀맞고 메마른 성격에
감정 기복이 심한
갱년기,
나는 재채기와 눈물로
계절 앞에 무릎 꿇고
하소연한다

에취!

결혼은 사랑이 아니고 노력이다

사랑이 습관화된 여자는
구름 탄 고양이처럼 맨발로 꿈길을 헤맨다

내가 아는 사랑은
적당히 식어버린 블랙커피의 끝 맛 같은 것
바이킹처럼 평생 감정의 물결을 타는 것
쓰디쓴 인내가 단내 나는 열매로 익을 때까지 지치지
않는 것

갓 볶은 원두를 막 내린 그 싱싱한 맛을 추구하는 남자는
옮겨 다니는 사랑에 익숙했으므로
허공을 분주하게 움직이는 뇌는 늘 섹시했을 것이다

잠자리 날개처럼 알랑거리는 바람을 견디며 사는
유리창 너머의 그냥, 여자
엉클어진 별자리를 다독이며
그놈이 그놈이 아닐 것 같은 내 남자를 속독하며
남은 시간의 바닥을 꾹꾹 눌러쓰는 밤

습관처럼 사랑을 받는 여자도
바람이 불 때면 맨발의 고양이가 되기도 하는데

싱싱한 원두가 울렁거리는 날
익숙한 사랑도 커피믹스의 단맛처럼
음미할수록 깊어질 수 있다는 사실,

부모로 산다는 것은

왜 마음은 수시로 뚝,
떨어지는 것일까

혼인서약이 문장으로 남겨지고 나면
여자도 아니고
남자도 아닌 가족이라는 이름으로
하늘에 박히는
별자리가 되는 것이다

나대지 위에 텐트를 치듯
지붕을 이고 서 있을
제 기둥 하나를 세우는 일,
혈점을 찾듯 온몸에 못질하며
일생 자식 바라기하다 먼―
여행길에 오르는 것이다

물거품 그녀들, 몸매 유지 비결

금방 뜯은 비스킷의 젊은 식감처럼
비누는 물과의 첫 경험에서 바로 마음을 열지 못합니다
여러 번 문질러야 하는 인색함에 거부반응까지
요조숙녀인 듯 빠져나갈 궁리만 합니다

단단한 근육질 몸일수록
짙은 향기를 품을수록 개성이 강한 그녀들
물렁살은 물을 조금만 마셔도 버블버블
요요현상이 일어납니다

한번 열린 과자 봉지도 재바르게 입술을 닫지 않으면
공기에 피부가 노출되어 금방 퍼시럭거립니다
쉽게 만나고 쉽게 버려지는 감정의 조각들
버릴 수도 간직할 수도 없어
오늘도 주춤거리는 나는,

그녀들의 몸매 유지 비결은 건성 피부라는 사실을
눈치채고야 말았습니다

이어폰

귓바퀴를 따라
볼륨의 키 높이를 따라
꽃이 핀다
나만의 세계로 귀를 닫아걸고
바지의 멜빵처럼 매달려 속삭이는
뚜벅이들의 애인
보폭을 맞춘 걸음마다
소리의 꽃이 피는 동안
행간에 숨은 내 감정은 그대에게
민낯을 다 내보이게 된다
첫사랑처럼 보도블록의 맨홀은
함정이 되기도 하는데
밤손님의 호객으로 자청을 한 듯
이어폰 바깥의 음성은
시든 묵음默音일 뿐,

커플 등록증

내가 연애를 하고 있다고 인증을 해주는 곳이 있었다
커플 인증위원회를 클릭했다
절차를 살펴보니
열애 중이면 누구나 가능하다

앞면 창을 열고
커플 이름 생년월일 사랑의 메시지와
눈에 콩 꺼풀을 쓴 날짜를 적고 사진을 올렸다
뒷면 창도 활짝 열어
사랑의 5계명에 서명하고
애정 분실 시, 연락 가능한 전화번호를 입력했다

번지거나 지워지지 않는
인증을 마친 사랑의 방수카드

이제 꼼짝없이 당신은 내 소장품이다

삼 일 후면, 일편단심 낙인이 찍힌 커플 등록증을
택배로 받게 될 것이다

오늘,
쇼핑한 주문명세서가 인쇄되고 있다

거미의 꿈

거미가 스파이더맨처럼 허공에 공사를 하고 있더군요

완성된 어둠은 발자국을 남기지 않는다는 뜬소문 아래
양심이 발을 헛딛는 순간
팔딱이는 바닷고기처럼 조간신문 활자로
방생되고 있는 한 사내

3개월 남은 생을 저당 잡힌 아내에게 햇살은
지하 창살 틈으로 소심한 빛이라도 허락해줍니다
약봉지 바스락거리는 소리에 귀가 먼저 열리지만
사내는 속눈썹이 후들거려 기척을 할 수 없습니다

밑바닥에서 한 계단이라도 올라서기 위해
빌딩 숲 언저리를 배회하며 거미처럼
어둠에 눈을 익히기 시작했습니다

가끔 드는 볕처럼 지하 단칸방에 희망이라고는
곰팡이가 푸른 꿈을 먹고 자라는 일밖에 없더군요

밤마다 거미가 허공에 집을 짓기 시작한 것은 아마,
새벽이슬 보석처럼 반짝이던 은빛 저택에
누군가 초대하고 싶었는지도 모릅니다

뻐꾸기의 사생활

바닥이 보이는 쌀독처럼
허공의 머릿속은 사흘 밤낮을 지새우고
다크써클이 턱밑까지 내려왔다

위탁할 가정을 호시탐탐 엿보는 뻐꾸기
제 치마폭에 둥지를 틀지 않고도 당당한 어미가 있다

손이 거친 바람은
햇살을 뿌려 둥지를 소독하고
구름 갈피에 적다가 만 풍문을 기록하는 중이다
전래동화처럼 믿게 된 뻐꾸기의 가정사에
잿빛 하늘도 죄를 심판하지 않기로 한다

오늘의 문장에 어제를 오려 붙인다
퀼트 조각처럼 꿰맞추고 사전 갈피를 펄럭이다, 평생
독신으로 늙을 뻔했던 단어를 솎아
허공에 탁란托卵을 시킨다
어정쩡 제목만 매단 미완의 습작들이 별빛처럼 어룽거
리는 밤

어미 뻐꾸기는 위탁모를 찾고
불면의 눈가에 별 한 송이 활짝 피어난다

여우비

투명한 햇살이 얼굴을 감추는 순간

와이셔츠 깃에 키스하고
교복 치마를 입은 여학생 다리를 핥기도 하고
까상까상한 빨래를 물고 늘어져 기를 죽인 적도 여러 번
이만하면 깜짝 이벤트는 성공한 셈이다

하늘까지 희번덕이게 하는 폭죽 같은 재주도
온몸을 불사르는 촛불 같은 열정도 식은 지 오래
이젠,
후끈 달아오른 대지가 목을 축일 정도면 충분하지
베토벤의 월광 소나타처럼
오랜 전율 같은 울림은 기다리지도 않아

저 홀로 뜨고 지는 별처럼
그대 곁에 잠시 머물고 싶었을 뿐,

여동생 시집가던 날

파도 한 자락 잘라 햇살에 펼쳐 놓으니
쪽빛 치맛자락 물결치고
까상까상한 꽃구름 즈려밟고 님이 오신다네

흰 동정 숫눈처럼 목선을 에워싸면
맵시 입은 저고리에 한 쌍의 날개라도 돋친 것일까

스물일곱의 여동생 시집가던 날,
하늘 우물 아래
마주 선 님과의 거리마저도
열두 치마폭만큼이나 행복해 보였으리

버선코 곧추세운 걸음새마다
수줍은 미소 옷고름에 살포시 접어
꽃 본 듯이 한껏 이지어
아리따운 나빌레라*

*조지훈의 시 『승무』의 한 구절인 「나빌레라」를 인용하였으며,
  '좋아하는 사람에게 나비처럼 날아가고 싶다'라는 의미

왕王의 여자

한 사람만 사랑해야 하는 독백의 삶도 있다
피는 줄도 모르게 져버린 꽃잎들,

밤마다 손바닥 지문이 읽고 지나간
담장의 이끼는 그녀들의 한숨이 키워낸
외로움의 흔적인지도 모른다

돌담 밖의 정인을 그리워하다
하늘의 별이 되기도 했던 멈출 수 없었던 사랑
그 사랑이 저주가 되었던 것일까

덕수궁 돌담길을 함께 걸으면
헤어지게 된다는 오래된 풍문이
연인들의 뒤를 그림자처럼 따라가고 있다

핑계 없는 무덤은 없다

친구와 수다를 떨다 설핏
마주친 시선에 머리를 쓸어 올리는 척
튕겨보는 몸짓

윈드서핑을 타듯 분위기가 출렁이고
훔쳐보고 있는 추파를 즐기며
못 마시는 맥주를 거품에 의지해 꾸역꾸역 삼킨다

빈 술잔처럼 허전한 마음이라도 채우고 싶었던 것일까

쿵쾅거리는 그녀의 심장은
LED 조명발을 등지고 앉아 그 밤을 버티고 있다
붉은 얼굴을 뽀얗게 치장하며
화장을 고치듯 마음자리를 고쳐먹고
각자 미련을 뿌리치고 일어섰다

다 읽지 못한 낯선 남자의 마음을 복습하듯
손바닥 뒤집듯 밤을 뒤척이면서
맥주 거품 탓일까
날씨 탓일까

멜랑꼴리

일사천리 바람은 대리운전 기사처럼
그녀의 대문 앞에 5분 대기조가 돼요

아침마다 홀딱, 정신을 빼놓은 주방을 감쪽같이
립스틱으로 마무리하고 출근하듯
외출하는 여자

꼬리가 긴 바람은 파파라치에게 밟히기 좋은 힌트죠
화들짝 사생활을 마무리할 때
짧은 꼬리는 순조로운 하루가 돼요

한낮 응시력 강한 태양은 울렁거리는 여자의 生을
낱낱이 기록하기 위해 독해력을 터득해요

컴백홈 하면 앞치마와 한통속이 되어
5대 영양소로 밥상을 차리는 여자

계절이 바뀔 때마다
구두를 바꿔 신을 좋은 구실이라고 그녀는
허밍으로 암송을 해요
알록달록 알리바이를 댈 필요가 없거든요

장어 몸뚱이처럼 하루가 댕강 잘려나가고
바람의 꼬리는 일상의 망망대해로 사라지고 말아요

여자의 무기

여자의 무기가 눈물이라는 시대는
스커트 길이로 풍기를 단속하던 밤은 이미
덕수궁 돌담길을 따라 흔적을 감춘 지 오래다

아래층 사는 러시아 아가씨 쏘냐
고향 마을의 가느다란 강줄기처럼
술이 그녀의 온몸을 타고 새벽을 달려온 시간
활짝 핀 18살 통꽃이 떼구르르 바닥을 구른다

사랑보다 먹고사는 일이 더 바빠서
마음을 옮길 수밖에 없었다고 취중진담처럼
내게 울부짖던 그녀

국경선을 넘나들 듯
엉덩이와 허벅지의 경계선에서 치맛자락을 펄럭이는 쏘냐
모르쇠로 무장한 양 볼의 보조개가 햇살에
샤방, 지나간다

이제, 장바구니는 들고 다니지 않아요

오후를 드래그해서 모니터에 고정하고 서핑을 해요
파도처럼 오르내리는 물가는 내 마음의 풍금*일 뿐,
지갑의 경제활동과는 무관하지요

포스트잇에 메모한 구매 목록을 클릭하고
원플러스원은 충동구매 구실에 합당한 대우를 받으며
장바구니에 담겨요

거래에는 반드시 조건이 필요한 법
장보기의 완성은 쿠폰등록과 무료배송이지요

반품은 꿀꿀한 날씨 탓으로 돌리면 그만이에요
꼬투리에 집중해야 하는 노하우가
오늘의 장보기 핵심이거든요

하마처럼 입을 벌린 장바구니가
휘핑크림을 먹듯 오후 시간을
꿀꺽 삼켜버려요

*영화 제목

햇사레* 복숭아

솜털이 뽀송뽀송하던 나를 기억하시나요?

등줄기에 맺힌 땀방울로
대지가 아지랑이 꽃을 피우고 있었지요
풍만한 햇살 젖줄기를 받을 때면
당도가 살 속 깊숙이 파고들어 뺨이 발그레해지곤 했어요

심지가 풋풋하던 시절, 순하게 꺾이지 않으려
아스라한 실핏줄 드리운 입술을 앙다물고 있었지요

사춘기보다 사추기가 더 반항의 계절인지도 몰라요

해 질 무렵, 연하의 날벌레들 칭얼거리기도 하고
벌떼의 무차별 프러포즈에 당혹스러울 때도 있었지요
물컹물컹 농익은 살갗, 바람에 옷깃만 스쳐도
추억이 까실거려요

그대 기억하시나요?
초여름 토실토실하던 내 뺨을

*풍부한 햇살을 받고 탐스럽게 영근 음성 복숭아를 의미하는
고유명칭

풍경을 베고 누워

길 위에 봉긋한 웃음보를 터트린 꽃잎들
흩어진 웃음 몇 닢 주워 주머니 속 동전처럼 꺼내보
고 싶어요

분홍의 향기와 통통 구르는 이슬을 팔레트에 버무리면
한통속이 되는 셀카 속 통꽃들

꽃향기를 댕기처럼 땋아 봄의 끄트머리에 뿌리고
바람의 서투른 지휘봉을 따라 벌떼의 붕붕거림이 한
낮으로 빠져들면
담쟁이가 풀실로 생각의 무늬를 한잎 두잎 짜고 있어요

그리움은 스쳐 가는 분량이어서
각도를 제대로 맞추지 않아요

노란 스틱 커피 몇 개로 마술 꽃을 피워 올리는
그대의 손길을 느끼는 순간,

초여름 풍경이 출렁거려요

헤르만 헤세의 그림을 감상하며

노란 셀로판지처럼 창가에 노을이 들면
헤세의 해바라기 화단에 나비가 되고 싶어요

해 질 녘 푸름의 길에서
꽃나무의 낯을 익히듯, 그는
하늘의 별이 된 방랑자예요

정원사로 생각에 꽃이 피면, 시가 되고
꽃이 지면 수채화의 밑그림을 그렸지요
꽃이 꺾였다고
그 영혼마저 붙들어 놓을 수는 없었어요

그리움을 잉태하는 시인
순례자의 눈빛을 심듯, 그는
세상의 무늬를 종이에 색칠하고 싶었는지도 몰라요

노랑나비 한 마리 노숙의 그림자가 되어
정원에 떨구어진 별빛에 엽서를 쓰고 있네요

천 번의 안녕, 만 번의 안녕

불은 활활, 타오를 때만 꽃이 핀다 땅의 입술이 가끔 함묵증緘默症을 앓듯이 모든 씨앗이 다 꽃을 피우는 것은 아니더라 가까이 가면 데일까 봐 겁먹던 시절도 있었다

노을의 불씨가 잠들어 있는 산모롱이를 오르내리는 기온의 감정 때문에 그 꽃망울 다 터트릴 수 없다면 바람이 속삭이던 귀엣말만 쓰다듬고 있다면 허공을 배회하는 꽃가루처럼 그냥 데면데면 바라만 보자

잠시 머무는 지금, 그대는 건너가는 세월의 징검돌일 뿐 꺼져가는 불씨도 다시 꽃피우고 싶은 시절이 아스라한 잔영으로 남아 있으니 우리 가던 길 돌아보지 말고 잊기로 하자

거기 허공만 바라보는 그대여 석양이 질 때 안절부절못하는 개밥 바라기처럼 뒤적거리면 다시 붉어지는 한 줌의 너, 인연이 아닌 꽃이라면 그냥 토닥토닥 불씨로 덮어두자

등꽃을 채록하다

연두가 옹알이하는 오월
반사판을 받친 듯 어린 햇살이 미끄러져 내려요

물과 잘 섞인 물감의 감정으로
국숫발처럼 보드라운 가지들만 골라 쓴
필사본 같은 흰 등꽃 숭어리들

손아귀에서 빠져나간 향수병처럼
커플링을 낀 약지 손가락처럼
그 순간, 아찔했어요

향기와 색은 불규칙 동사로 엮인
영혼의 동반자인지도 몰라요

꽃을 읽고 채록하는 봄밤
허공마다 치렁치렁 그리움이 엉기고 있어요

꽃거지

인생 한 방을 노리는 한 사내

분수쇼가 워터스크린 위에 펼쳐지면
폭죽은 돌고래처럼 점프해 하늘과 하이파이브를 하고
끝 모를 나락으로 추락하네

어스름 새벽안개 발로 툭툭 차며
의지하듯 공원 벤치에 몸을 걸치는 그는

출장을 가다 강원랜드 카지노 샛길로 접어들어
찜질방 기둥 아래 노름빛 깔고 누운
꽃거지가 되었네

낮에는 햇무리가 안아주고 밤에는 달무리가 달래주지만
벼락 맞은 전나무 신세일 뿐,

슬롯머신처럼 인생은 한방이라던 그 사내
곤돌라에 꿈을 싣고 360도 회전 중이네

카멜레온 - 물

물이 만들어 내는 표정이 몹시도 궁금했지요
안기는 온도에 따라 외모도 감정도 변해요
여자처럼 속 좁은 종지가 되었다가
바다에 잠기면 배포 큰 사내로 출렁이다가
벼랑 끝에 꼬리를 매달고 다이빙을 즐기기도 하지요
때로는 성난 화마火魔도 삼켜버리는
강심장이 되기도 해요
이마에 범선을 띄우기도 하고
방파제의 외벽 타기도 즐겨요
민낯은 온도에 따라 시시때때로 달라져요
4대 강의 직선이 굴곡진 이후로
혈관에 이끼가 자라고
푸른 표정의 주름이 잡히기 시작했지요
겉모습은 잠행의 흔적만 남길 뿐,
샛강으로 꼬리가 잘리면
주름진 이마가 더 선명해져요
불의 사막으로 쫓긴다 해도
그의 영혼은
하얀 입김의 꽃을 피울 거예요

찔레꽃 – 어머니 스케치

청보리 익는 오월
풋머리 간들거리는 바람의 숨결을 느끼며
스케치북 옆구리에 끼고 밭두렁을 거닌다

실눈으로 한 줄 그어 보니
숨은 그림처럼
어머니 하얀 미소가 떠오르고
순박한 시골 처녀 같은 찔레 향이
발밑에 도란도란 돋아난다

몸에 가시가 돋는 통증을 느끼실 때도
쓰디쓴 아픔을 삼켜내시던
종잇장처럼 얇은 어머니,

하르르 지는 찔레꽃 그늘
삶에는 공식이 없었고
한뉘 비로소 절정을 맞는다

하늘 언저리 어디쯤 찔레 향 하얗게 번지면
오월의 청보리밭에
미소 띤 그림자 하나,

싱크홀

PD수첩 '싱크홀의 공포'로 저녁 밥상이 소란하다

UFO가 앉았다 가스라도 내뿜은 듯
동그랗게 패인 모양에 도넛이 먹고 싶어진다
꽃띠라고 불리던 시절,
터미네이터를 본 이후 남자 몸에 관심이 꽂혔다
컴퓨터를 가르쳐 준다던 선배
본인 얼굴만 모니터에 인식시켜주고
자판을 익히던 손가락은
그를 익히느라 자꾸 오타가 났다
아무 소리소문없이 자라고 있던
땅속 동공洞空은 과연 누구의 책임이었을까
신입생이 들어오고 선배의 끔찍한 후배 사랑은
도미노처럼 나를 넘어트리고 옮겨 앉았다
도넛 가게 문이 닫힌 탓에
내 다이어트 반은 성공을 거둔 셈이다
별들도 자리다툼 하느라
신경이 뾰족해진 날

내 가슴에도 뻥 뚫린 싱크홀 하나,

바람의 변주

바람의 귓불이 붉어지고
숲에서 끝점을 알 수 없는 메아리가 들려온다

사랑의 세레나데를 편곡하는 바람
하프처럼 서 있는 높은음자리표에 걸린 음표들
8분음표 꼬리에 애교점 하나를 더 찍는다

여름밤, 불빛으로 발광하는 반딧불이
페로몬으로 자극하는 나방
고음을 탄주하는 여치의 화음은
짝을 유혹하는 수단이다

반복된 울음도 불협화음의 미학인가

보일락 말락 들녘의 우듬지
미친 듯이 그리움을 변주하는 바람에게
오늘은 내가 꽃이 된다

갱년기는 무죄

취사 버튼처럼 튕겨 나가고 싶다
가족들이 허물 벗듯 빠져나간 식탁에는 그림자만 웅성
거리고
벽에 거꾸로 매달린 드라이플라워가 되어버린 그녀

누구든 환하게 맞아주는 현관 센서 등처럼
지문만으로도 인식하는 전자키처럼 감성이 예민했던 그녀
기억력에 물음표가 불쑥불쑥 끼어들어도
무성한 나이 탓으로 돌려버리면 그만이다

어느 순간, 정직한 거울과도 등을 지게 되었다고
옥상 텃밭으로 불쾌지수 점검을 나왔다는 101호 동장님

애호박도 은근 툭툭 치고
풋고추도 슬쩍 건드리고
실룩거리며 지나가는 조개구름조차 못마땅한 그녀
맞바람처럼 햇빛 처방전은 한물간 유행인지도 모른다

아기집에 꽃이 피지 않는 날부터 민낯인 그녀는
달맞이꽃이 화장을 하는 밤이면 손톱에
한 잎 두 잎 색칠을 한다

나를 아세요?

철컥,

현관문 혼자 집안 단속 중이다

봄을 출판하다

알림장처럼 열린 빨간 우체통 위에
빗방울이 흘림체로 개화 시기를 점치고 갔다

첫 제목으로 목련을 쓰기 시작한 봄
작년에 퇴고를 미뤄둔 언덕에
파릇파릇한 문장을 한 꼭지 수정한다

가지치기를 하지 않은 수식어들이 뾰족뾰족 솟아 행
갈이가 어수선하다
교정이 덜 된 몽우리 중 바람의 꼬드김에 발록해진
연둣빛 사연
입꼬리를 열까 말까

서투른 편집으로 목련의 맹세를 무너트리고 개나리가
먼저 태동을 시작했다
어긋난 운명도 때가 되면 꽃을 피우는 법

계절의 역리를 탁본하는 바람
얇은 구름을 깔고 바람이 봄을 필사하면
태양의 배밀이로 출력된 꽃잎들
스프링처럼 튀어 오른다

산 넘고 물 건너 퍼트려진 진달래 벚꽃 소식
알라딘*까지 만개의 꿈은 이루어질 수 있을까

春, 출판기념 이벤트!
꽃샘잎샘이 하얀 눈가루를 뿌리고 있다

*서점 이름

오란씨!

"하늘에서 별을 따다, 하늘에서 달을 따다
두 손에 담아 드려요"

튤립 같은 입술로 읊조리는 CM송이
봄을 탁본한 식탁에 샐러드로 곁들여진다

애피타이저로 구미를 돋우는 그녀들
햇살이 올리브유처럼 뿌려지고
엑스트라 바람이 머리카락을 휘날리며 등장한다

톡톡, 터지는 샛노란 아가씨
식탁 밑 까딱이는 발가락
별에서 콸콸콸 쏟아지는 그녀는
날마다 요조숙녀가 된다

사은품처럼 따라오는 프로그램 광고
젊은 계절을 셀카로 남기고
15초의 요정 구름 속으로 떠오르는 중이다
광고주가 OK, 신호를 보내는 그 날까지
되돌이표로 찍히는 그녀의 하루

오~오~오~오~오~ 오란씨!

다음 이 시간에… 다음 생 이 시간에…

바람의 갈피를 넘기며

목소리로 제 위치를 알리고 싶었던 것일까

휘파람 불며 손가락을 휘둘러
나무에게 시비를 걸고, 유리창을 부숴버리기도 했지
정자 아래 똬리를 틀고
호통과 울분을 삼키는 한때의 침묵도 있었고
쌔근쌔근 잠든 아이의 잔머리를 매만져 줄 때도 있었지

길 떠나는 나그네처럼 어느 곳이든 발길 닿는 곳이
그의 안식처가 되었을 것이다

뫼비우스의 띠처럼
유리공 속에 갇힌 듯 허공을 몇 바퀴 구르다 보면
처음처럼 되돌아오는 본성

밤새 대문짝에 나붙은
전단지 소시락거리는 행적으로
과거를 되돌아보는 중인지도 모른다

그가 홀연히 떠난 하늘 바깥에는
분분한 소문만이 흩어져 있을 뿐,

연탄의 숙명

어린 불꽃이 보이기 시작하네요

파릇파릇 돋아 오르기까지

산소의 부축으로 근근이 일어났습니다

한숨을 쉴 때마다 나오는 일산화탄소는 몸에 해롭다며

누구나 고개를 돌리지만 어쩌겠어요

서슬 퍼런 손끝으로 무엇인들 못 하겠어요

하루살이보다 짧은 인생

하루에도 수십 번 죽였다 살렸다 하는 당신의 손길

밥이 뜸 들 때면 숨구멍을 사정없이 막아 버리곤 하지요

조금씩 희끄무레해지는 낯빛에

옆에 쌓인 흰 탄들을 바라보며 마음의 준비를 한답니다

태어날 때 정해진 운명이 있다는 걸

오래전 골목길로 접어들면서부터

작은 구멍으로 세상을 볼 때부터 알고 있었지만

막상 식어가는 몸이 느껴질 때면 두려워요

구멍구멍 쌓인 나를 보며

부자가 된 것처럼

행복인 것처럼 느끼는 당신

하얗게 타들어 가는 응달 깊은 오후,

한낱 당신의 마음에 따뜻하게 머물다 가는

붉은 꽃이 되고 싶었을 뿐입니다

손톱

어둠이 들면 손톱을 깎지 말라는 할머니의 말씀이 귓
전에서 맴돕니다
이빨로 물어뜯는 것은 가벼운 습관일 뿐
학대인 줄은 몰랐지요
딱딱한 고집이 자랄 때부터 철없던 마리 앙투아네트*
처럼
언젠가 단두대에서 생을 마감할 정해진 운명이라는 걸
바닥에 흩어져 실눈을 뜨고 노려볼 때부터
알고 있었을 겁니다
밤마다 조각달 하나가 제 뼈를 키우고 있을 때면
곧 잘려나갈 내 생의 일부 같아 괴로웠지요
밤새 봉숭아 순정을 읽어내느라 묶어 두었던 적도 있
었지요
고통을 오롯이 감싸 안고도 누군가에게
눈웃음을 선사하는 비명이 아마 이런 것일까요
어디로 튈지 모르는 럭비공처럼
사방팔방으로 튕겨 나가는 것은
불안한 탓일지도 몰라요
완성된 생으로 뿌리 내리지 못한 촉수는
허공의 마음을 갈기갈기 찢고 있네요

오늘도 길 위에 선, 이방인이 되고
펠리컨처럼 엎드려 내 생각의 뼈를 줍고 있어요

*루이 16세와 결혼한 프랑스 황태자비

볼륨 업, 브래지어

밸런타인데이에 빨간색 B컵을 샀어

늘 속으로만 웃고 있지
에어백처럼 터질 듯 포만감을 느끼며
부풀려지는 문화도 인정받는 시대가 왔어
눈어림이 꼭짓점에 맞춰진 착시현상
동그란 컵은, 국적도 색깔도 크기도 달라
여성이라면 거부할 수 없는 뽕의 손길
젖니가 잇몸을 뚫고 나올 때의 간지러움처럼
열세 살 때 앓았던 젖몸살
발록해진 유두와 붉은 꽃이 피는 날을
교과서에서는 사춘기라고 어깨를 토닥여 주었지
달이 배가 불러오는 날짜를 헤아리며
서랍 속에 내 컵이 쌓이고 있었어
표준 사이즈가 꿈꾸는 황금비율
비너스의 S라인은 곡선의 미학일 뿐,
대리만족을 위한 빈약한 영혼의 몸부림일지도 몰라
볼륨을 흘깃거리는 시선 위로
햇살을 받쳐 든 와이어가 봉긋 웃고 있는 한낮
쇼윈도 속 빅 사이즈 컵은
마네킹이 파격 세일 중이야

오늘은 무슨 색깔의 컵을 착용할까

틈

우물에서 눈이 청아한 시魚를 낚습니다
시심을 이끼처럼 키우고 있는 우물 안 새내기들
머리를 맞대고 시제를 뜯고 있습니다

바람이 구름의 표정을 읽어 제목을 붙이고
물결을 한 장 넘깁니다
번개처럼 번득이는 문장에 밑줄을 긋고
엎치락뒤치락 행갈이로 물기둥을 세우면
주제까지 도달한 소박한 집 한 채가 지어집니다

잔잔한 울림은 늘 존재하는 우물 안
소용돌이치는 파문도
시간을 얻으면 고요해지는 것을

오늘의 시제는 틈, 입니다
새벽별 맑게 떠 있는 파아란 우물에서
나만의 아방궁을 짓고 마침표를 찍습니다

'스타벅스'의 외출

불타는 갈잎 향기
골목길을 빠져나오고

저문 저녁이 불빛을 실어 나르면
창가를 서성이는 별자리가 되지,

내비게이션보다 빠른 육감으로
당신에게 닿고파
추억의 초인종 눌러보는

입김으로 나를 불러 세워
어둠조차 녹일 너를 기다린다

경마장 관람기

대형 전광판에 숫자와 말들이 몸을 풀고 있다
1군에서 6군으로 정해진 운명, 게이트에 스크럼을 짠
12마리 경주마들
팡파르가 햇살처럼 울려 퍼지면 베팅한 마권 속 번호
들이 엎치락뒤치락하는 승률

선행으로
선입으로
때로는 추입으로

중계방송과 말발굽의 질주가 트랙 위에 숨 가쁘게 흩
어지고
환호 소리가 먼저 결승선을 통과한다

인생 역전을 꿈꾸던 응집된 시간은
석양의 어깨너머로 미끄러지고
한때, 갈퀴를 휘날리던 속도의 제왕 천둥*
드넓은 초원 위에 한 줌의 바람으로 방목되고 있다

*영화 『각설탕』의 주인공 말(馬)

81

일 침

혈맥 좀 짚어봐 냉정한 몸을 다스리는 데 바늘의 집
중력이 필요했던 것일까 포도줄기처럼 뻗은 맥들이
숨을 쉴 때마다 콕콕 찌른다 바람은 훅, 지나가서 바
람이려니 했다 무릎의 암묵 속에 깊게 뿌리를 내리고
있었던 바람의 통로에 한 번씩 툭툭 던지는 어머니의
노래, 유행가 가사처럼 중요한 부분은 밑줄을 그어 그
냥 흘려버렸다

"따끔하실 겁니다"
"잘 참으셨고요"

　무릎의 문장을 제대로 읽어보겠다고 혈맥을 쑤셔대
는 한의사의 침 날카로운 일침을 받아들인 몸은 무릎
의 감정을 속이기 위한 찰나의 이벤트였던 것일까 붉
으락푸르락 엇박자로 시작하는 어머니의 유행가는 속
사포 랩을 쏘아대듯 다시 밤의 머리맡에 통점을 되짚
어간다

시를 짓는 여자

양쪽 턱이 얼얼하도록 일주일째
입을 굳게 다문 그녀의 창문

껌을 씹고
달달한 것을 찾는 금단 현상처럼
오늘도 술래인 태양을 피해 암막 커튼 뒤에 숨는다
한통속이고 싶은 처녀 시어들은 허공에서만 겉돌고
하얀 밥물인양 넘쳐만 나는 수식어
행마다 돌멩이처럼 박힌 쉼표에 자주 걸리다 보니
은근한 울림이 빠진 그녀의 시는 늘 설익는다
긴 머리처럼 커튼 자락을 살짝 올려 묶고
찢긴 파본만 풀 죽어 엎드려 있는 방에
햇살 가루 한 봉지를 터트린다

시는 채우는 것이 아니라
비우는 일이라고,

비밀의 방

10년 넘게 결혼생활을 해본 사람은 안다
사랑의 공소시효가 아득해질 무렵이면
남자의 뇌에는 여러 개의 방이 들어있다는 것을

액자 뒤편 베개 속 신발 밑창
넥타이에서 혁대에 이르기까지
취미 생활을 지나 경제활동을 넘어
하루하루 인공지능화되는 딴 주머니

직업의 특성상 여러 개의 방을
만든 조끼의 변명처럼
생활에서 일어난 사소한 보푸라기처럼
완성된 방의 진로는 어두웠다

꽁무니에 달고 다니던 지우개가 댕강 잘리고
자백을 받고 보니 헐렁한 백치미일 뿐,

창밖 꽃사과 나무에 까치 한 마리가
자기 영역을 침범했다고
깍깍 짖어대고 있다

제보를 기다립니다

문득 길을 가다 발걸음이
멈칫할 때가 있습니다
눈웃음 속에 사과꽃 향기가 나던 그는
딸기우유를 좋아했습니다
쌈빡한 명품 지갑도 두꺼운 몸집 탓에
서랍 속에서 웅크리고 있다고 속상해하는,
새빨간 귀가
새빨간 거짓말처럼 섹시 했습니다
김빠진 맥주를, 김빠진 사랑을 즐기던
까도남을 보신 분의 제보를 기다립니다
빨간 우체통에 안부만 살짝 넣어주세요

벚꽃 벙그러진 봄날
최신 영화라도 한 편 보자고 연락이 올지도 모르니까요
섬세한 그의 손길처럼
헤어지자고 말하던 해맑은 그 날처럼
갑자기 쏟아질지도 모르는 소나기에 대비한
속눈썹 위 워터프루프 마스카라가
바짝 긴장하고 있습니다

생일 카드

청첩장인 양 미리 돌릴 수도 없고 내 생일이라고
체납 고지서처럼 빨간 독촉장을 보낼 수도 없어서
다 차려놓은 지인의 밥상에 숟가락만 꽂았다

실속파 쪽에 줄 선 선물이 버거웠다고
나이 한 살을 더 먹었더니 공갈빵처럼
헛배만 더부룩한 것이 생일이라고
현금거래를 간접화법으로 동조시키던 어머니

일 년에 한 번씩 밑도 끝도 없는 기대에 부풀어
번개 같은 이벤트가 생각의 맨홀 속에서
폭죽을 터뜨리는 밤
카톡이 뒷북을 치기도 하는데

"문자왔쏭 문자왔쏭"
잘못 심은 주민등록상 나이를 챙기는
각종 보험사와 미용실에서 보내온 축하 메시지가
미끄덩한 아침을 깨운다

껌에 대한 진실

핸드백 속에 넣고 무심코 잊어버리거나
오물오물 치대다가 남의 이목을 핑계 삼아
입속 축축한 동굴 속에 멍석말이해둔다

구두코가 레이저 광선처럼 번득이는 신사나
시장통에서 무 다리를 쓰다듬고 있는 아주머니나
그가 뛰어노는 순간순간은 왠지 가벼워 보인다

한복을 다소곳이 차려입은 여인보다
짧은 미니스커트를 입은 아가씨에게 더 쉽게
말을 걸 수 있는 것처럼 그는
그렇게 물컹물컹한 존재로 씹히곤 한다

그의 감정을 다 읽어버린 탓일까
결국 길바닥에 껌딱지가 되거나
어느 책상 모퉁이에 웃자란 굳은살이 되고 만다

가끔은 수의를 입은 듯
종이옷에 오롯이 감싸지기도 하는데

답답한 어머니의 속풀이 도구는
오늘도 차가운 탭댄스를 추고 있다

번호키

삑 삑 삑 삑, 아침이 열리는 소리다
얼마 전부터 내 귀는 옆집 남자와 동거 중이다

엘리베이터와 복도에서 만나기도 하는데
가끔 옷자락이 스치는 소리로
눈인사로 안부를 대신한다

말을 섞어본 적은 없지만, 벽 하나를 사이에 두고
우리는 소리로 사생활을 공유한다
生과 死의 다리를 건너가도 알 수 없는 것이
이웃사촌 우리 사이

핸드폰이 요동칠 때면 내 귀가 먼저 달려가 받는다
새벽에 들어와 티브이 볼륨의 풍만감으로
친절하게 귀가歸嫁를 알려주는 그 남자

볼륨을 최대치로 귀에 걸어 전쟁영화에 빠져 있는 밤
그도 나를 탐색하고 있는지 모른다
다만 서로가 못 들은 척할 뿐,

복도에서 그가 지나가는
구두 소리가 또각또각 귀를 밝힌다

옆집 대문 비밀번호가 몹시도 궁금한 날
삑 삑 삑 삑, 저녁이 닫히는 소리다

어부바

겨울이 성큼성큼 가을 햇살을 쫓아오는지
붉어진 포인세티아만큼 짧아진 해가 감나무에 걸려 있다

내 어릴 적 골목길 모퉁이에는
친구도 없고 놀이터도 없고 오로지,
어머니의 생각 깊은 등만이 버팀목이었다

단단하지 못했던 몸
유리그릇처럼 애지중지 다루지 않으면 금세
사금파리가 되던 뼈

깨어진 뼈가 살얼음처럼 붙을 때쯤이면
어머니의 등도 활짝 웃을 수 있었다고 세월이
쌓이고서야 등 뒤에서도 젖은 한숨 소리가 들리곤 했다

등만 보고 등이 세상의 전부라서
생각의 키도 자라지 못했던 것일까

어머니의 '어부바' 소리가
익은 햇살처럼 그리운 날

장독대에 홍시 하나,
발그레 웅크리고 앉아있다

소나기

한바탕 지나갈 거라고 누구에게도 말하지 않았다
여름새도 보금자리를 옮겨 앉을 때가 왔다
버틸 수 없는 불안으로 뼈 마디마디가 욱신거렸다
기분을 노출하지 않으려고 한층 단단해진 구름
변덕쟁이 마음새는 어제오늘 일만은 아니다, 이미
수수깡이 된 바람을 가로질러 가기로 했다
허공을 질주하던 먼지조차 흩어질 때가 왔다
주변 시선을 만지작거리며 잔뼈가 굵은 눈물
지나온 길모퉁이마다 붉은 스파크가 일고
철 지난 옷처럼 멀뚱거리다 쏟아내고 말았다
예고된 폭로에 홀딱 젖어버린 나는, 금세
지나갈 인연이라 벗어던질 수도
바짝 말릴 수도 없었다

그리운 마그론느*

바람 따라 올려다본 서쪽 슬하에
그리움에 지친 별 한 송이
각설탕처럼 반짝인다
깊어진 외로움에 한 줌의 바람에도
흔들리는 들꽃처럼
헤프게 넘어간 세월의 한 페이지,
잠재울 수 없는 우주의 저편에
목동의 푸른 시절이 있었다
어깨 위에 가시별 하나
따끔따끔 돋아나면
어린 행성들 숨바꼭질하는 사이
가냘픈 풀피리 소리에
마그론느, 마그론느,
한사코 피고 진다

*양치기별

93

상처 감싸주기

침대 위, 보들보들한 패드에
작은 상처가 생겼다
오돌토돌한 살갗을 달래주려고 어루만지다
그만 덧이 난 것이다
이미 몸의 곡선에 길들어
허물어지고 있었던 감정의 선,
그 감정을 침묵으로 다스리고 있었던 것일까
통점痛點을 다독이며
한 땀 한 땀 감싸주자
짓물렀던 마음이 누그러진 듯
부르튼 입술을 다물기 시작했다
상처는 곪으면 터지기 마련인 것을
쭈글쭈글하던 화농의 얼굴이
다시 꽃으로 피고

목화 구름을 닮은 피그먼트 패드*가
빛바랜 추억처럼 내 몸까지
샛노랗게 물들이고 있다

*봉제가 완성된 침구에 안료와 함께 용해한 물에 이불 통째
　　　　로 담가 고온에 염색 가공하여 만든 제품

물방울 위를 걷다

탱글탱글한 태양을 빨고 있는 대지가 겨울을 데우고
젖살이 오른 나뭇가지에 연둣빛 물방울이 달랑거린다

꽃 몸살 앓는 봄,
바람까지 싱숭생숭 밤을 지새우고
온몸으로 호흡한 지혈地血에 샐쭉한 꽃눈을 뜨기 시
작하면
잎샘 손바닥에 올라선 햇살들
꽃망울 여는 법을
파릇파릇한 문장으로 알려주고, 봄이
내밀하게 초경을 필사하는 소리에
종종걸음치는 물방울 위로
작은 우주가 터지고 있다

봄 밤

초봄, 꽃샘처럼
동네 어귀를 어슬렁거리던 한 사내
그의 생계 수단이던 다리미가 잡은 칼주름이
넘나들 수 없는 국경선이 될 줄이야

평생 술집 마담 기둥서방으로
꿈꾸는 나비로 팔랑거리다 지루해질 무렵,
솔기가 터져버린 바짓단처럼 너덜너덜해진 몸
오르락내리락하던 체온은
철 지난 방관자가 되어버렸네

죽음으로 면죄부를 치장하고 싶었던 것일까
이별은 짧게 하는 것이 좋다고
고열을 견디지 못한 가슴팍에 불도장만 남겨졌네
그 해가 베짱이의 마지막 연주였다는 소문만이
황사 주의보로 엉성했네

풀어진 운동화 끈을 매주며 청혼을 했다던 고모부가
감정이 식어버린 아랫목은 지루하다고 봄밤,
담벼락에 줄지어 선 철쭉 치마폭으로 사라졌네

돌나물꽃

오르막 바위틈 언저리에
눅눅한 바람이 움을 틔우며
뾰족한 생각 부스러기를 털어낸다

한때의 구름 치마폭에 연하게 풀물이 들면
바람의 손, 세필 붓으로
바위에 일기를 새긴다

높게 쌓이기만 하는 욕심, 잘디잘게 부수면
돌에도 가슴이 있어 향기를 품듯이
맑은 밤하늘에 별과 소통할 수 있다

함초롬하게 꽃물 번지듯
누군가에게
노란 웃음 돋게 하는
싸락별 꽃이여,

생의 반려

토스터기보다 모니터 이마가 바짝 달아 있어요

홀로 선물을 사고 최신 영화를 보고
일회용 밥을 먹는 여자
허울은 벗어두고 내력만 출근을 해요

옆집 기니피그 대신 젊은 애인 대신
그녀의 동반자는 사이버 속 아바타예요

꽃이 새가 되기도 하고
새가 여자가 되기도 하고
여자가 남자가 되어 밤을 지배해요

외로움을 벙거지처럼 눌러 쓰고
텅 빈 주변머리를 채우고 있는 스탠드
미지근한 우유로 타일러 보지만 냉기 도는 마음은
시린 무릎보다 바깥이에요

어제는 오븐 속 버터처럼 살갑고
오늘은 선인장 가시 같은 뾰족한 그녀의 입담
카페 게시글 앞에 댓글 씨름을 해요

네이버 지식맨의 답장을 읽고 딸깍딸깍,
하루를 감동으로 마무리하는 커서의 동공
그녀는 오늘 밤도 모니터와 한통속이 되고 있어요

조 카

백설기보다 보드라운 흰 손이
내 목덜미를 끌어안고 있다
콩닥거리는 심장맥박을 자장가로 들으며
나비 잠에 빠져들곤 하는데

솜털이 읽어내는 예민한 촉수가
늘 조마조마하다
선잠을 깨고 나면 밤새 보채는
해맑은 재미를 알고부터
한시도 눈을 뗄 수가 없는 것이다

종일 울거나 웃거나 잠을 자거나
내 눈으로 본 것만 받아 적어도
기쁨이 차고 넘친다

두 개의 앞니가 언제 반짝하고
목젖을 보이며 깔깔 넘어갈지
다섯 살 터울 진 그 오빠는 알지,
젖내를 풍기는 금붕어도 알지
디카는 눈꺼풀을 크게 뜨고
별사탕처럼 쏟아지는 눈망울을 담고 있다

하룻밤 자고 나면 키가 또
껑충하니 자라고

강아지풀

얇게 뜬 물수제비 일렁이는 여름 냇가
코발트 빛 창문 열면
수초 뜰에 피라미 떼 산책을 하고
이마받이 한 조약돌이 생을 궁글린다

멀대 같은 털복숭이들
솔개그늘 사이로 여치의 풀피리 독주가 한창이고
어머니 무릎처럼 포근한 기억이
고향 초입까지 물들면
이방인으로 살아온 들길 인생
추억을 간질이는
동심 젖은
나는,

담쟁이

오월의 고샅길, 뭉게구름 한 타래로
하늘 정원에 촘촘히 뜨개질한다

줄줄이 사탕처럼
순정으로 짜 올린 수형樹形이
서둘지 않는 인연으로
꽃담을 만들었다

인연이란 시작과 끝을
꿰맞추는 것이 아니라 풀어가는 것일까

덩굴손의 궤적을 따라
슬픈 환상처럼 허공이 뚫리고

처녀 덩굴 한 오라기 바람
떠나는 길목에서
우정*을 노래하는 오월

*꽃말

도라지꽃

남보랏빛 향기 바람결에 헹구는가

다섯 겹 주름치마 꽃대를 잡고
흐드러진 꽃 무리 속에 울컥,
내뱉는 푸른 멍처럼

산밭에 잔뿌리 지구 한 기슭을 끌어안고
알싸한 쓴맛 가슴께에 차오르면
아린 생의 절정이 망울망울 피어난다

여리디여린 허리를 곧추세워
삶의 무게를 어찌 잠재우고 서 있는지
기다림이 떠나가면 체념으로
아득해질 무렵

영원한 사랑은
지킬 수 없는 꽃별 같은

매미의 수다

소리에도 색깔이 있을까

간밤
별빛의 무채색 울음소리 들은 것 같은데
질세라
한통속으로 우는소리 들은 것 같은데

꽃물 같은 그리움
세상 밖
환한 소문처럼 파고들어

생의 절정에서
끝내
소리로 찍는 정점(頂點)

고통일지도
황홀일 수도

걱정 인형(worry doll)

이스트처럼 부푸는 걱정,
하늘가 어둠사리
주섬주섬 그림자놀이를 끝낸다
걱정이 옹기종기 모여 속달대던 날
어둠처럼 풀어지는 비밀이야기
다섯 손가락 요정에게 숨겨 두었지
머리맡에 놓아두면 밤새 사라지는
인디언의 전설,

걱정을 삼킨 만삭이 된 지샌달*
갓밝이에 물드네

Don't worry, Be happy,

*먼동이 튼 뒤 서쪽 하늘에 보이는 달(순우리말)

쇠별꽃 귀걸이

솜털 뽀송한 귓불 아래
하얀 미소처럼 꽃별이 달랑거린다

햇무리 속 아련한 기억처럼
살을 에는 고통이 순간 지나가면
화려함 뒷면에 감춰진 밀회를 속삭인다

달랑거리는 생의 변방에
흰 영혼 그 안에서
한줄기 빛이 되고픈 믿음 하나

그 빛으로 차오른 별이 되는 그날
꽃별 귀걸이 하나쯤 갖고 싶네

액세서리 같은 삶의 한때

꽃창포

한여름 밤, 들녘
개구리 발장구로 연못가 수런대고
갈맷빛 그리움이 파장을 일으킨다

노란 그림자조차
차례차례 땅으로 누우면
향기가 실로폰의 음계를 건너는 밤

쭉쭉 뻗은 손짓
다섯 발가락 곧추세워 마음 다투는 들꽃
우아한 몸짓은 마음의 뿌리인가
엄지발가락의 인내인 듯

무지개를 수놓으며 하늘 다리 건너는
노랗게 사위어 가는 사랑이여,

목 디스크

컴퓨터를 부팅하고 로그아웃하는 사이, 삐끗
바둑판 같은 일상을 지나가던 도중, 울컥
경추 신경다발의 통로마다 근심이 웃자라 있더군요

해묵은 밀담을 듣듯
귀는 무덤덤하게 알아들었지만 몸은
제3자의 입장인 것처럼 모르쇠로 버티고 싶었습니다

앰뷸런스의 붉은 경고등처럼
어깨가 묵시적으로 보내는 신호의 결과물, 통증
통증은 암호를 풀어내듯
내게 대화를 시도하고 있었는지도 모릅니다

최후통첩으로 입원이나 통원치료
게놈 지도라도 익혀둘 것을 그랬습니다
손발에서부터 시작한 간헐적 파장은
얼굴까지 스멀스멀 그 세력을 확장하고 있습니다

저림의 증상은 계절의 꽁무니가 남기고 간
간절기 고백이라고 자랑해도 될까요?

걱정을 벗겨내다

붉은 망사 속에 마늘이 입술을 삐죽삐죽 내밀고 있다

자식 품어온 세월 경전을 펼치듯 어머니는
마늘껍질을 한 장 한 장 벗겨낸다

겉피가 걸린 듯 밥알을 삼킬 때마다
목구멍이 꺼끌꺼끌하다는 어머니

한 뱃속에 든 마늘도 쭉정이 하나쯤은 허공처럼 품고
있지 않던가

바람 빠진 한숨이 절간 계단을 오르내리듯
훌러덩 까진 껍질이 허공을 배회하는데

딸내미 닮은 깡마른 마늘 한 쪽이
알싸한 어머니의 근심처럼 겉피를 쏙 빠져나온다

어머니의 별식

찬 공기 콧물처럼 흐르는 가을이면
어머니는 국수를 끓이셨지요

국수 가락 뚝뚝, 분질러 당신의
왼손으로 휘휘 저어
오른손으로 후루룩 드셨던가요

양념간장에는 대충 찧어 박은 마늘 한쪽
고춧가루 반수저에 깨소금 한꼬집이 별처럼
떴다 사라졌다 했지요

그리고도 허전하셨던지 찬밥 반 공기를
계란 풀 듯 말아서 한사발 뚝딱 비우셨지요

별스럽지 않은 어머니의 별식
싸라기별처럼
흰 밥알처럼
밤하늘에 떠

건강을 빌고 있어요

어느 여름날의 쿠데타

펄럭이는 여름의 혀를 간헐적으로 주춤거리게 하는
소나기

비의 춤사위가 잦아들 무렵 개구리가
가벼운 화음을 넣기 시작했네
어둠을 두드리며 음표들을 재배열하는 솜씨가
쇼핑호스트처럼 귀를 현혹하네

저녁 뉴스 속 앵커가
가시 같은 사건과 사고를 더듬어 가는데
영화 필름처럼 스쳐 가는 개구쟁이들의 빛바랜 미소,

시간은 흐르는 것이 아니라 채워지는 것이리라
오래된 하모니카, 울음의 메아리가 묻혀있는 곳

기억의 오선지 위로 잠시 생각에 잠겼던 비가
풀의 등줄기를 후려치는데 개굴개굴,
애국가를 부르고 있는 개구리 소년들*

*1991년 3월 26일, 대구에 사는 초등학생 5명이 도롱뇽 알을 주우러 나간다며 집을 나섰다가 실종된 후, 11년 6개월 만인 2002년 9월 26일 유골로 발견된 사건

시 평

시 평

사랑과 일상을
경쾌한 메타포로 표현해내다

도희 박다윤 시인

인간의 영원한 공통 테마 사랑. 사랑은 신이 인간에 내려준 가장 아름다운 선물임과 동시에 때로는 사랑의 유효기간이 지나면 그 사랑은 이내 정으로 바뀌어 또 다른 사랑으로 바뀐다. 그런데 사랑을 표현해내는 데 있어, 자칫 관능적으로 보일 수 있는 언어를 위트와 유머를 곁들여가면서 위험수위를 조절하며 경쾌하게 표현해내고 있다. 그리고 그 사랑은 이내 그리움과 연결된다. 이제 그의 시를 감상해보자.

내가 연애를 하고 있다고 인증을 해주는 곳이 있었다
커플 인증위원회를 클릭했다
절차를 살펴보니
열애 중이면 누구나 가능하다

앞면 창을 열고
커플 이름 생년월일 사랑의 메시지와
눈에 콩 꺼풀을 쓴 날짜를 적고 사진을 올렸다
뒷면 창도 활짝 열어
사랑의 5계명에 서명하고
애정 분실 시, 연락 가능한 전화번호를 입력했다

번지거나 지워지지 않는
인증을 마친 사랑의 방수카드

이제 꼼짝없이 당신은 내 소장품이다

삼 일 후면, 일편단심 낙인이 찍힌 커플 등록증을
택배로 받게 될 것이다

오늘,
쇼핑한 주문명세서가 인쇄되고 있다

「커플등록증」 전문

그 누구도 믿지 못하는 불신의 시대이다. 그렇기에 요즘은 무엇이든 받고 확인받고 싶어 한다. 커플 인증위원회의 커플등록증도 그중의 하나이다. 쇼핑몰에서 공인인증서만 입력하면 물건을 살 수 있듯이, 커플도 이내 등록하지 않으면 내 소장품이 되지 않는다는 다소 엉뚱하고도 유쾌한 발상은 재미있는 시를 만들어냈다. 삼일 후면 일편단심 낙인이 찍힌 커플등록증을 택배로 받는 그 즐거움은 경쾌한 일상이다.

그의 또 다른 시 여우비를 감상해보자.

　투명한 햇살이 얼굴을 감추는 순간

　와이셔츠 깃에 키스하고
　교복 치마를 입은 여학생 다리를 핥기도 하고
　까상까상한 빨래를 물고 늘어져 기를 죽인 적도 여러 번
　이만하면 깜짝 이벤트는 성공한 셈이다

　하늘까지 희번덕이게 하는 폭죽 같은 재주도
　온몸을 불사르는 촛불 같은 열정도 식은 지 오래
　이젠,
　후끈 달아오른 대지가 목을 축일 정도면 충분하지
　베토벤의 월광 소나타처럼
　오랜 전율 같은 울림은 기다리지도 않아

저 홀로 뜨고 지는 별처럼

그대 곁에 잠시 머물고 싶었을 뿐,

「여우비」 전문

여우비는 맑은 날에 잠깐 내리는 비이다. 그 잠깐 사이에 와이셔츠 깃에 키스하고, 교복 치마를 입은 여학생 다리를 핥기도 하고, 이만하면 깜짝 이벤트는 성공한 셈이다는 경쾌함은 참으로 신선하게 다가온다. 잠깐 내리는 비를 이벤트라고 생각하는 발상 자체가 흥미롭다.

이번 시집은 유난히 시 속에 꽃이 많이 등장한다. 꽃과 여성은 신기하게도 역할도, 생김새도 참 많이 닮아있음을 알 수 있다. 그래서 사람들은 꽃을 좋아하고, 꽃은 사람을 보고 반긴다. 꽃이 수줍어하는 것까지도 여성과 많이 닮았음을 느낄 수 있다.

함초롬하게 꽃물 번지듯

누군가에게

노란 웃음 돋게 하는

싸락별 꽃이여,

「돌나물꽃」 일부

영원한 사랑은
지킬 수 없는 꽃별 같은

「도라지꽃」 일부

무지개를 수놓으며 하늘 다리 건너는
노랗게 사위어 가는 사랑이여,

「꽃창포」 일부

꽃을 읽고 채록하는 봄밤
허공마다 치렁치렁 그리움이 엉기고 있어요

「등꽃을 채록하다」 일부

꽃의 전설을 보면 사랑과 참 많이 연관되어 있다.
색깔이나 꽃의 모양이 더 곱고 예쁠수록 별빛 모양이
많다. 그것은 여기저기 상처가 찔려서 그 상처가
뻗어 나가기 때문이라고 한다. 꽃말을 보면 하나같이
사랑이 많고, 일편단심이 많다.

그의 또 다른 시를 이루고 있는 어머니. 불러도 목이
메고, 그리움으로 떠오르는 대상이다. 그의 어머니에

대한 시를 살펴보자.

남자로 읽히던 어머니에게도 여자가 숨어 있었네
까맣게 박음질한 눈썹 문신
그 젊음의 자리도 까무룩 시들어 가고
푸른 흔적만 행간에 남겨졌네

불쑥, 손톱에 명자꽃 한 떨기 피운 여자를
호주머니에 넣고 다니던 어머니
한나절 밭이랑 사이사이 외짝 귀걸이가
반짝하고 지나갔네

「어머니 행간을 읽다」 일부

찬 공기 콧물처럼 흐르는 가을이면
어머니는 국수를 끓이셨지요

국수 가락 뚝뚝, 분질러 당신의
왼손으로 휘휘 저어
오른손으로 후루룩 드셨던가요
(중략)
별스럽지 않은 어머니의 별식
싸라기별처럼

흰 밥알처럼
밤하늘에 떠

건강을 빌고 있어요

「어머니의 별식」일부

청보리 익는 오월
풋머리 간들거리는 바람의 숨결을 느끼며
스케치북 옆구리에 끼고 밭두렁을 거닌다

실눈으로 한 줄 그어 보니
숨은 그림처럼
어머니 하얀 미소가 떠오르고
순박한 시골 처녀 같은 찔레 향이
발밑에 도란도란 돋아난다

몸에 가시가 돋는 통증을 느끼실 때도
쓰디쓴 아픔을 삼켜내시던
종잇장처럼 얇은 어머니,

하르르 지는 찔레꽃 그늘
삶에는 공식이 없었고
한뉘 비로소 절정을 맞는다

하늘 언저리 어디쯤 찔레 향 하얗게 번지면
오월의 청보리밭에
미소 띤 그림자 하나,

「찔레꽃」– 어머니 스케치 전문

어머니는 그래도 여자이다. 나이가 들어도 액세서리를 하고, 문신을 하고, 국수를 별식으로 먹는 소박함을 지녔다. 그러면서도 쓰디쓴 아픔과 통증을 참아내며 자식에게 그 모습을 보이지 않는 강한 어머니의 모습을 보여주고 있다. 청보리가 돋아나는 5월에 그는 어머니의 생각이 더 간절하다. 그것이 때로는 눈물이고, 그리움이고, 사랑이었다. 어머니를 생각할수록 가슴 가득 먹먹해진다. 종잇장처럼 힘이 없어지는 어머니, 그 찔레 향에 어머니의 모습이 아른거린다. 어머니를 생각하면 눈시울이 촉촉해진다. 그것이 시인이 표현해내는 어머니의 실체이다.

이제 그의 평범한 일상을 들여다보는 시를 보자.

포스트잇에 메모한 구매 목록을 클릭하고
원플러스원은 충동구매 구실에 합당한 대우를 받으며
장바구니에 담겨요
(중략)

하마처럼 입을 벌린 장바구니가
휘핑크림을 먹듯 오후 시간을
꿀꺽 삼켜버려요

「이제, 장바구니는 들고 다니지 않아요」 일부

정신없이 살아가는 시대에 장바구니는 더 이상 큰 의미가 없다. 흥정할 필요도 없고, 덤으로 얻을 것은 1+1 밖에 없고, 결제만 하면 되는 현대인의 자화상을 휘핑크림을 먹던 오후 시간을 꿀꺽 삼켜버린다는 이 위트 있는 표현은 읽는 이로 하여금 경쾌하게 만든다. 마치 동화 속의 괴물이 꿀꺽하는 것과 같은 착각을 불러일으킨다. 이러한 표현은 그의 마음에 내재하여 있는 동심과 맞닿아있고, 천진함으로 읽혀진다.

이은새 시인의 시집 〈스타벅스의 외출〉에는 그동안 그가 아끼고 감추어두었던 시들을 선보이고 있다. 그가 시에다 쏟아붓는 열정은 가히 칭찬할 만하다. 통통통 유쾌한 언어로 스타카토를 연상케 하는 그의 시가 참으로 경쾌하게 읽혀진다. 위트와 유머가 가미된 유쾌함은 시를 짓는 이에게 꼭 필요할 뿐만 아니라 세련된 어휘로 새로운 시작법이 참신하다. 그의 시를 읽다 보면 경쾌함이 말을 걸고 있다. "내 시는 경쾌함을 닮은 스타카토 같지 않아요?"라는 질문과 함께 튀어 오르는 그의 신선한 언어가 오래도록 귓전을 때렸다.

'스타벅스'의 외출

펴 낸 날 2017년 12월 8일

지 은 이   이은새
펴 낸 이   최지숙
편집주간   이기성
편집팀장   이윤숙
기획편집   이하영, 윤일란
표지디자인 이하영
책임마케팅 장일규, 임용섭
펴 낸 곳   도서출판 생각나눔
출판등록   제 2008-000008호
주   소   서울 마포구 동교로 18길 41, 한경빌딩 2층
전   화   02-325-5100
팩   스   02-325-5101
홈페이지   www.생각나눔.kr
이 메 일   bookmain@think-book.com

• 책값은 표지 뒷면에 표기되어 있습니다.
 ISBN 978-89-6489-793-5 03810

• 이 도서의 국립중앙도서관 출판 시 도서목록(CIP)은 서지정보유통지원시스템 홈페이지
 (http://seoji.nl.go.kr)와 국가자료공동목록시스템(http://www.nl.go.kr/kolisnet)에서
 이용하실 수 있습니다(CIP제어번호: CIP2017030620).